AU PAYS DES AMES

SCÈNE DRAMATIQUE

PAR

LOUIS RATISBONNE

PARIS

MICHEL LÉVY FRÈRES, ÉDITEURS

RUE VIVIENNE, 2 BIS, ET BOULEVARD DES ITALIENS, 15

A LA LIBRAIRIE NOUVELLE

—

M DCCC LXX

AU PAYS DES AMES

SCÈNE DRAMATIQUE

Représentée pour la première fois au Théâtre-Français,
par les comédiens ordinaires de l'Empereur, le 6 juin 1870, jour anniversaire
de la naissance de Corneille.

AU
PAYS DES AMES

SCÈNE DRAMATIQUE

PAR

LOUIS RATISBONNE

PARIS

MICHEL LÉVY FRÈRES, ÉDITEURS

RUE VIVIENNE, 2 BIS, ET BOULEVARD DES ITALIENS, 15

A LA LIBRAIRIE NOUVELLE

—

M DCCC LXX

PERSONNAGES

UN JEUNE HOMME...............	LAROCHE
UN VIEILLARD..................	
L'OMBRE DE CORNEILLE......	CHÉRY.
PREMIÈRE OMBRE............	BOUCHER.
DEUXIÈME OMBRE.........	CHARPENTIER.
TROISIÈME OMBRE.............	
L'OMBRE DU PAUVRE........ ..	KIME.
L'OMBRE DU RICHE...........	TRONCHET.
L'OMBRE DU ROI..........	GIBEAU.
L'ANGE DE LA MORT......	Mlle TORDEUS
LA VIERGE FOLLE........	Mlle LLOYD.
LA FOULE DES OMBRES.	

AU PAYS DES AMES

L'action se passe dans le monde extra-terrestre. La scène
est éclairée d'un jour crépusculaire. L'Ange, ministre de la
Mort, précède la multitude des ombres. Le manteau
funéraire, des morts est entr'ouvert et laisse apercevoir
les costumes de leurs diverses conditions.

L'ANGE.

O moisson de la Mort, cueillie en un seul jour,
Loin du monde vivant foule humaine enlevée,
Au pays des Esprits vous êtes arrivée !
Demeurez ! C'est ici l'immense carrefour
Où s'ouvrent les chemins de la vie infinie ;
Chacun dans un instant devra prendre le sien ;

1.

C'est le seuil de tout mal et le seuil de tout bien :
L'éternité commence, et la vie est finie !

UNE OMBRE.

Finie ! Ah ! que dit-il ?... Un jour encore, un seul !
Laisse-nous repousser cet horrible linceul !
Ministre de la Mort, ailé comme un bel ange,
Pitié !

L'ANGE.

La Mort m'attend pour une autre vendange !

(Il disparaît.)

L'OMBRE.

Au secours ! mes parents, mes frères, mes amis !
Ne me laissez pas mort et les yeux endormis !

DEUXIÈME OMBRE.

Chère clarté du jour, volupté de la vie !
Déjà ! se pourrait-il ! et pour jamais ravie !

PREMIÈRE OMBRE.

Au secours ! je veux vivre et respirer ! Je veux

Marcher dans l'air vivant, sous le ciel lumineux !
Au soleil des vivants je veux refaire une ombre !

DEUXIÈME OMBRE.

Je veux revoir les fleurs, le champ clair, le bois sombre
Et l'oiseau qui chantait dans ce charmant décor !

PREMIÈRE OMBRE.

La voix, l'humaine voix, je veux l'entendre encor !

DEUXIÈME OMBRE.

Mourir ! et le printemps venait de dire : Espère !
La vie était si douce !

TROISIÈME OMBRE.

Ah ! mon fils !

PREMIÈRE OMBRE.

Ah ! mon père !

DEUXIÈME OMBRE.

J'étais jeune, j'avais tant d'espoir !
1..

TROISIÈME OMBRE.

J'étais vieux !
Autour de moi la vie avait fait tant de nœuds !

QUATRIÈME OMBRE.

Le temps avait brisé les miens : la Mort avide
Chaque jour sous mes pas creusait un autre vide,
Et j'ai vu de mes bras s'en aller tour à tour
Épouse, amis, parents, ravis à mon amour.
J'ai bien pleuré ! pourtant je pouvais le comprendre ;
Mais moi-même à mon tour, dans la tombe descendre,
Moi-même ! ah ! c'est affreux, et je ne le veux pas !

L'OMBRE DU ROI.

Gardes, entourez-moi ! faites-moi de vos bras
Un rempart ! Ma couronne à qui sauve ma vie !

(Il porte la main à son front.)

Hélas ! où donc est-elle ? elle est évanouie !...

L'OMBRE DU RICHE.

Pour un jour seulement tous mes biens, tout mon or !

L'OMBRE DU PAUVRE.

Reviens, ma pauvreté! mais que je vive encor!

LA VIERGE FOLLE.

Je dansais tout à l'heure! et mon miroir fidèle
Avec mes amoureux me disait la plus belle.
La vie était un bal; oh ciel! déjà fini!...
Tous mes bouquets fanés et mon beau corps terni!

L'OMBRE D'UN VIEILLARD, s'approchant d'un jeune homme qui est resté à l'écart, sur le devant de la scène, dans une noble attitude.

Pourquoi ne dis-tu rien, toi, fantôme impassible?
Es-tu seul parmi nous à la mort insensible?
Posé comme un lion devant l'éternité,
Qui t'a donné ton calme et ta sérénité?
Cependant sous les lis de la mort qui te presse
Ton pâle front rayonne encore de jeunesse.

     (Le fantôme ouvre son linceul.)

Une balle en plein cœur, et l'épée au côté!
Qui donc es-tu?

LE JEUNE HOMME.

Soldat mort pour la liberté !

LE VIEILLARD.

Le trépas est affreux, si la cause était belle!

LE JEUNE HOMME.

Ne pouvoir qu'une fois, hélas! mourir pour elle!

LE VIEILLARD.

Quoi! c'est là ton regret, lorsque tu perds le jour?

LE JEUNE HOMME.

Avoir donné si peu pour un si grand amour!
Ne pouvoir jamais plus combattre!

LE VIEILLARD.

O jeune brave!
La terre où tu naquis gémissait donc esclave?

LE JEUNE HOMME.

Je n'ai point combattu pour celle où je suis né.

LE VIEILLARD.

Une autre après la tienne, ô jeune infortuné,
Une autre dans ton cœur à ce point fut chérie !

LE JEUNE HOMME.

Elle était toute en pleurs : j'en ai fait ma patrie !
A l'indignation dont j'étais enflammé,
Je me suis senti fils du pays opprimé !

LE VIEILLARD.

Et combien t'ont suivi marchant au sacrifice ?

LE JEUNE HOMME.

Je suis parti tout seul, n'ayant que la justice !
Je n'ai pas regardé si quelqu'un me suivait.
Contre ses oppresseurs un peuple se levait ;
Le droit se débattait contre la violence :
J'avais un peu de sang à mettre en la balance !...

LE VIEILLARD.

Ton nom ?

LE JEUNE HOMME.

Je n'en ai point, car je meurs inconnu.

LE VIEILLARD.

Qui t'a poussé?

LE JEUNE HOMME.

Mon cœur !

LE VIEILLARD.

Et qui t'a soutenu?

LE JEUNE HOMME, tirant un livre de son sein.

Mon cœur !... Et puis encor... ce livre, une merveille !
Un maître de la vie et de la mort, Corneille ,
Un poëte français connu dans l'univers!
Et j'aiguisais mon âme en relisant ses vers !
Pour la garder toujours sereine et bien trempée,
J'ai mis sa tragédie auprès de mon épée,
Et je la porte encor sur mon cœur, tu le vois.

LE VIEILLARD.

Qu'avait donc de si doux et de si grand sa voix?

LE JEUNE HOMME.

Il avait dans la voix des cordes que rien n'use ;
Il avait l'héroïsme et la vertu pour muse.
D'autres m'avaient ému par des accents touchants ;
Je buvais la jeunesse et l'amour dans leurs chants.
Il a chanté comme eux l'amour et son ivresse,
Mais l'amour seulement dont la gloire est maîtresse,
Mais la fière jeunesse amoureuse d'exploits,
Mais l'austère devoir qui la plie à ses lois,
Le généreux élan qui jamais ne dévie,
Ce qui fait l'homme grand et le prix de la vie !
Dans les sentiers communs de la réalité
Il n'a jamais posé son cothurne enchanté.
Près du ciel comme un aigle il a placé son aire,
Poussant le cri sublime et l'extraordinaire !
Si quelque jour ce cri n'était plus entendu,
Si nul n'y répondait, c'est que l'homme est perdu.

LE VIEILLARD.

Il t'a conduit pourtant à la tombe éternelle.

LE JEUNE HOMME.

C'est lui qui m'a montré la Mort chaude et fidèle,

Plus belle que la vie égoïste et sans foi.

LE VIEILLARD, avec ironie.

C'est un grand enchanteur, je le vois ; mais, dis-moi,
(Car poésie et moi ne nous connaissons guère)
De quel temps était-il ce poëte de guerre
Par qui les cœurs sont grands et les corps abattus ?

LE JEUNE HOMME.

Il est contemporain de toutes les vertus !
Deux cents ans ont passé sur les vers du grand homme,
Ils sont vieux ses Romains, plus Romains que dans Rome,
Polyeucte, d'un bond dans le ciel emporté ;
César disant : Clémence ! et Cinna : Liberté !
Deux siècles, les combats de Rodrigue et Chimène
Nous ont fait respirer toute grandeur humaine ;
Deux siècles nous avons entendu les défis
De Gormas et du Cid, d'Horace et de ses fils.
Mais chaque fois qu'un cœur se déchire lui-même,
Qu'il immole au devoir tout, même ce qu'il aime,
Et, plus fort que les sens, de soi-même est vainqueur,
C'est Corneille vivant qui chante dans ce cœur !
Chaque fois qu'un œil fier s'allume à l'injustice,
Chaque fois qu'un héros s'élance au sacrifice,

Brûlant d'un feu divin par la terre étouffé,
Corneille est applaudi, Corneille a triomphé!

LE VIEILLARD.

Courir de lutte en lutte aux trépas magnanimes
Et signer de son sang des chimères sublimes,
Il t'a bien conseillé ! Mais, débile mortel,
Au dévoûment qui meurt que reste-t-il ?

LE JEUNE HOMME.

                         Le ciel!

LE VIEILLARD.

Quel est donc ton espoir parmi ces lieux funèbres?

LE JEUNE HOMME.

C'est de voir tout à coup resplendir les ténèbres;
C'est de sentir mon cœur tout saignant, transporté
Au sein de la justice et de la liberté!
Dans un monde meilleur de gloire et de lumières
D'aller, l'Ange l'a dit, d'aller avec mes frères,
Au milieu des vaillants, des martyrs, des soldats,
Condé me saluant, Corneille ouvrant ses bras!

LE VIEILLARD.

Et si tu t'es trompé? si tout n'est que fumée,
La liberté, le droit, comme la renommée,
Si le ciel n'ouvre pas, lorsque la Mort nous prend?

LE JEUNE HOMME.

Eh bien, j'aurai vécu du rêve le plus grand!
Même à défaut du ciel j'aurai ma récompense
Tant que je sentirai cette âme en moi qui pense,
L'âme où Corneille a mis son empreinte de feu
Et moulé mon néant sur le rêve de Dieu!

LE VIEILLARD.

Tu parles en héros; mais ton cœur est de pierre.
Sur terre, quand la Mort a fermé ta paupière,
N'avais-tu rien laissé qui te donnât regret?

LE JEUNE HOMME.

Hélas!

LE VIEILLARD.

N'avais-tu pas quelque tendre secret?
Une femme là-haut pleure : ô douleur amère!

Elle est seule aujourd'hui, seule, ta vieille mère !
Une autre voix encor te rappelle là-bas ;
C'est le cri de l'amour : dis, ne l'entends-tu pas ?

LE JEUNE HOMME.

Hélas !

LE VIEILLARD.

Et tous ces biens dont le trépas te sèvre :
La coupe des plaisirs inconnue à ta lèvre....

LE JEUNE HOMME.

Allez ! je ne suis pas des vôtres ; vous voulez
M'amollir lâchement ; je ne veux pas : allez !
Vous êtes bien la foule humaine, le vulgaire,
Qui ramenez le vol des aigles vers la terre
Et qui faites souvent dans un cœur abattu
Hésiter le génie et douter la vertu !
Vous soufflez les désirs, les regrets, les peurs lâches,
Et vous dites : Néant ! aux généreuses tâches.
Allez, laissez-moi croire au fond de mon linceul !
Votre chemin n'est pas le mien : laissez-moi seul !

(Les ombres s'écartent et se dissipent de tous côtés. Quand il ne
reste plus que le jeune soldat, derrière lui, à la place du vieillard
disparu, une ombre nouvelle apparaît dans un rayon de lumière.
le front ceint de lauriers, et touche le jeune homme à l'épaule.)

L'OMBRE DE CORNEILLE.

Viens avec moi, mon fils!

LE JEUNE HOMME.

Quelle voix me réveille?

L'OMBRE DE CORNEILLE.

Au ciel les héros morts s'en vont avec Corneille!

(Le jeune homme s'agenouille devant l'ombre glorieuse du poëte
et s'élève avec lui dans la lumière. La toile tombe.)

FIN.

PARIS. — J. CLAYE, IMPRIMEUR, 7, RUE SAINT-BENOIT [960.]

IMPRIMERIE J. CLAYE
RUE SAINT-BENOIT 7
LABOR
PARIS

www.ingramcontent.com/pod-product-compliance
Lightning Source LLC
LaVergne TN
LVHW050245030726
842520LV00006B/2181